AF327860

LE VOYAGEUR,

DISCOURS EN VERS.

LE VOYAGEUR,

DISCOURS EN VERS

QUI A REMPORTÉ LE SECOND *ACCESSIT*
DANS LE CONCOURS DE POÉSIE DE L'ANNÉE 1807,

AU JUGEMENT DE LA CLASSE DE LA LANGUE
ET DE LA LITTÉRATURE FRANÇAISES, DE L'INSTITUT.

PAR M. A. BRUGUIERE (DE MARSEILLE).

Ανδρα μοι ἔννεπε Μοῦσα πολύτροπον, ὅς...
Πολλῶν ἀνθρώπων ἴδεν ἄστεα καὶ νόον ἔγνω.

Ομ. Οδ. α.

Dic mihi, Musa, virum....
Qui mores hominum multorum vidit et urbes.

HORAT., *Ars poët.*

A PARIS,

CHEZ F. LOUIS, RUE DE SAVOIE.

M. DCCCVII.

BIBLIOTHEQUE ROYALE

LE VOYAGEUR,

DISCOURS EN VERS.

En ces jours où les arts, allumant leur flambeau,
Remplissaient l'Orient de leur éclat nouveau,
Quand l'Euphrate portait sur sa rive étonnée
La ville de Bélus de jardins couronnée,
Que du savant Memphis les prêtres révérés
Instruisaient Hérodote en leurs parvis sacrés;
Et que loin de Samos le grave Pythagore
Consultait le Brachmane aux portes de l'aurore,
La trirême, aux cent bras, ignorant l'univers,
N'osait franchir encor l'immensité des mers,
Et le nocher debout, l'œil fixé sur la rive,
Ne présentait aux vents qu'une voile craintive.
Ainsi de l'océan les peuples entourés,
L'un à l'autre inconnus, demeuraient séparés;

Et seuls, de proche en proche écartant ses barrieres,
Quelques sages tentaient l'échange des lumieres.
Enfin Colomb paraît, et, guidé par l'aimant,
Subjugue le premier le fougueux élément,
Et, vainqueur des efforts d'un âge plus timide,
Renverse d'un seul coup les colonnes d'Alcide.
La rive a disparu! Ses compagnons muets
Ont baissé sur les mers leurs regards inquiets;
Intrépide il se rit de leur terreur profonde,
Et son doigt étendu leur montre un nouveau monde.

Plus de bornes pour l'homme; et la terre et les cieux
Dans toute leur grandeur sont livrés à ses yeux;
Des Alpes du vieux monde à des Alpes nouvelles
Il voit se rattacher les chaînes fraternelles;
D'un second océan il envahit le sein;
Lui-même il s'associe un autre genre humain:
Dès-lors le Voyageur sur un plus vaste espace
S'élance, et des dangers dédaignant la menace,
Recherche, tout entier à l'objet qu'il poursuit,
Si par le péril même il ne peut être instruit.

Tantôt dans les cités il observe en silence,
Leur police, leurs loix, leur active opulence,
Leurs arts industrieux, leurs altiers monuments;

Tantôt en des remparts renversés par les ans,
Sur d'antiques débris ses yeux cherchent à lire
Le souvenir d'un peuple ou le nom d'un empire.
Souvent au bout du globe, errant dans les forêts,
De la nature libre il contemple les traits,
Et dans l'immensité d'un éternel ombrage
Il la voit étaler sa richesse sauvage.

Oh! que si prenant soin d'embellir ses destins
Les Muses de leur lyre ont honoré ses mains,
De leur noble fureur si son ame est saisie,
Combien ce grand spectacle et de pompe et de vie,
Ce tout majestueux dont la variété
Sans cesse se déroule à son œil enchanté,
Ces merveilles sans nombre en tous lieux dispersées,
Échauffent son génie, exaltent ses pensées!
Qu'il chante alors! qu'il cede à ses heureux transports!
Les siecles en fuyant rediront ses accords,
Et le Temps, ce vieillard qui se plaît aux ruines,
Émoussera sa faux sur ses œuvres divines.

Tel, ayant vu le Nil et le froid Tanaïs,
Les champs où le Scamandre est joint au Simoïs,
Les plaines de Phrygie et les monts de la Thrace,
Et gravi le premier les cimes du Parnasse,

Homere, à la nature empruntant ses pinceaux,
La peignit tout entiere en ses vivants tableaux;
Et, le front rayonnant d'une gloire immortelle,
S'éleve encor sublime et sans égal comme elle.

Mais c'est en vain qu'aux lieux par l'homme inhabités
La terre étalera ses plus rares beautés,
En vain mille palais de leur splendeur antique
Y montreront encor le reste magnifique,
Bientôt le Voyageur, plein d'un secret ennui,
N'y cherche du regard qu'un être comme lui,
Et du plus humble toit la rencontre imprévue,
S'il couvre son semblable, enchantera sa vue.

L'Europe avec orgueil lui présente ses fils
Au noble frein des lois librement asservis,
Éclairés dans la paix, généreux dans la guerre,
Le modele, l'envie, et l'honneur de la terre:
L'Asie en rougissant lui découvre les siens,
De ses vastes cités indolents citoyens,
Enivrant de parfums leur oisive mollesse,
Et sur des tapis d'or prosternant leur bassesse.
Dans des plaines de sable et sous un ciel d'airain,
Il entend haleter le stupide Africain;
Père, époux sans amour, et brigand sans courage,

Avec un air brûlant respirant l'esclavage.
Le sombre Américain semble éviter ses yeux;
D'un sexe faible et doux tyran silencieux,
Jamais sans ennemis, constamment en défense,
Et cachant dans les bois sa triste indépendance.

Il suit l'humaine espece en ses états divers;
Il voit l'âpre Esquimaux que nourrissent les mers,
Dans sa hutte enfumée, au fracas des tempêtes,
Vantant, d'huile abreuvé, le luxe de ses fêtes;
L'Iroquois fait au meurtre et chasseur indomté;
L'Arabe, au prompt coursier, vagabond redouté
Des syrtes de Libye aux Persiques rivages;
Le nomade Mongoul changeant de pâturages,
Et guidant chaque mois vers des bords différents
Sa tente pastorale et ses troupeaux errants;
L'Indou, qui de Brama suit la loi pacifique,
Dans les plaines du Gange agriculteur antique;
Et le Chinois vieilli dans l'enfance des arts,
De ses flots populeux inondant ses remparts.

S'il veut du globe même étudier l'histoire,
Ses éloquents débris en gardent la mémoire:
Dans les humbles vallons, sur les monts orgueilleux,
Ils lui montrent l'empreinte et des eaux et des feux;

D'un désordre apparent naît par-tout l'harmonie ;
Par-tout il voit la mort alimenter la vie.

Mais vers quelques pays qu'il dirige ses pas ,
Il ne s'entoure point de glaives, de soldats ;
Étranger, son aspect n'apporte plus d'alarmes ;
Son cortege est la paix, les bienfaits sont ses armes :
Semblable à ces mortels, dieux des siecles lointains,
De qui la voix auguste instruisit les humains,
Sur un sol sans culture, il vient comme eux encore
Des salutaires arts faire briller l'aurore.

Ah ! qu'ils soient expiés ces effroyables temps
Où des soldats sans nom, vulgaires conquérants ,
Couraient chercher au loin, certains de la victoire,
Dans des dangers obscurs des triomphes sans gloire !
A l'aspect du soleil égorgeaient ses enfants
Sur les débris dorés de ses temples fumants ;
Du fier Guatimosin, défenseur du Mexique,
Illustraient par le feu la constance héroïque ;
Et, pour prix des trésors de toutes parts offerts ,
Ne donnaient aux vaincus que la mort ou des fers.

Couvrons tous ces forfaits de muettes ténèbres,
Mais éternel honneur aux Voyageurs célebres

De qui l'abord tranquille a si bien attesté
Les touchantes vertus, l'utile humanité :
Pierre, cherchant les arts pour son peuple sauvage ;
Penn, de la Delaware atteignant le rivage,
Et, disciple de Locke, y portant les bienfaits
Nés de l'heureux accord des lois et de la paix ;
Howard, qui des cachots sondant le noir abyme,
Fit luire la pitié, même aux regards du crime ;
Et ces autres encor dont le zele pieux
Sema dans les forêts la parole des cieux ;
Toi, Las Casas, l'honneur de ce saint ministere,
O des Américains et l'apôtre et le pere,
Qui de la même voix dont tu touchais leurs cœurs,
Tonnais au sein des cours contre leurs oppresseurs !
Vous tous, sages mortels, recevez nos hommages.
Puissent vos noms, portés sur le torrent des âges,
Exempts d'injure, aller par un doux souvenir
Des crimes du passé consoler l'avenir !

Mais la Parque en bornant leurs travaux et leur gloire,
De leur sang trop de fois a rougi leur histoire :
Combien d'entre eux aussi frappés et sans secours
Sur des bords ignorés ont terminé leurs jours !
O Muse, de regrets et d'honneurs légitimes
Paie un nouveau tribut à ces nobles victimes :

Magellan par le fer dans Sébu moissonné ;
D'une troupe rebelle Hudson abandonné
Non loin de ce détroit que fraya son audace,
Et périssant de faim sur une mer de glace !

Archipel de Sandwich ! ô rivage abhorré !
J'y vois le brave Cook d'assassins entouré ;
Il tombe, et ses regards empreints de bienfaisance
A ses soldats armés défendent la vengeance.

Et toi, dont nul avis n'a révélé le sort,
Lapérouse, en quels lieux as-tu trouvé la mort ?
Ou peut-être invoquant sa rigueur salutaire,
Tu vis, et son retard prolonge ta misere.
Dès que les feux du jour percent l'obscurité,
Tu gravis sur le roc où les vents t'ont jeté,
Et ton œil s'attachant sur la liquide plaine,
Croit voir dans chaque flot une voile lointaine.
Malheureux, tu te plains à l'approche du soir,
Et le soleil suivant réveille ton espoir.
Non, d'un ingrat oubli n'accuse point la France ;
Elle a sur l'océan fait voler l'*Espérance*,
Et des isles de l'Inde au bout de l'univers
Interroge sur toi les écueils et les mers.
Deux fois, pour te chercher, les plages antarctiques

Ont vu se déployer nos drapeaux pacifiques;
Mais l'infidele Echo, des bords où tu gémis,
Hélas! n'a point porté ta voix à tes amis.

Ah! par ces souvenirs notre ame est trop émue,
Sur de plus doux objets reposons notre vue:
Il s'offre à mes pinceaux cet heureux Voyageur,
Qui, bercé mollement par des flots sans fureur,
Vole vers sa patrie, et plein d'impatience,
De l'haleine des vents accuse l'inconstance.
Il a couru des bords où renaît le soleil
A ceux où l'occident reçoit son char vermeil;
Et sous quelques climats qu'il ait porté sa course,
De l'équateur brûlant aux champs glacés de l'ourse,
Il a vu les humains différents de couleurs,
Étendus sur la neige ou couchés sur des fleurs,
Ignorants, éclairés, esclaves, ou sans maître,
Aimer avec transport le lieu qui les vit naître.

Et lui, combien de fois dans cet éloignement
Son cœur a tressailli de ce pur sentiment?
Toujours l'absence accroît l'amour de la patrie,
Sans cesse rappelée et par elle embellie!
Ses regards devançant sa flottante prison,
Maintenant sont plongés dans le sombre horizon;

Déja le nautonier, que la prudence guide,
Sonde les profondeurs de l'abyme liquide :
Un cri s'éleve, ... Terre ! et frappé par cent voix
L'écho de l'océan le répete cent fois.
O patrie ! ô transports que ta présence inspire !
O rive où tant de vœux rappelaient le navire,
Salut ! Le Voyageur sur la proue avancé
Bien au-delà du flot soudain s'est élancé.
Pour lui dans ses foyers quel doux accueil s'apprête ;
Il court, se précipite, et chaque objet l'arrête :
Incertain, il voudrait dans son empressement
Tout chercher, tout revoir en un même moment ;
Enfin du seuil connu franchissant la barriere,
Il retrouve une épouse et peut-être une mere ;
Leur bouche, en se hâtant, commence cent discours
Que leurs embrassements interrompent toujours ;
Sans doute il a souffert sur des plages lointaines,
Mais ce jour de bonheur a compensé ses peines.

Bientôt, dans la retraite occupant son repos,
Sa mémoire préside à d'utiles travaux ;
Il trace avec candeur l'imposante peinture
De tout ce qu'à ses yeux révéla la nature.
Il décrit à la fois les objets et les lieux,
Les êtres inconnus vivants sous d'autres cieux,

Du sauvage ignorant l'activité stérile,
De l'homme policé la constance fertile,
Et sage observateur, peintre exact et précis,
Il reproduit le globe en ses vastes récits.
Bien plus, sa main versant des semences fécondes
Enrichit nos guérets des moissons des deux mondes;
Par lui des fruits nouveaux croîtront dans nos vergers,
Nos arts s'associeront à des arts étrangers,
Une heureuse industrie animera nos villes,
Et suivant à sa voix des routes plus faciles,
Le commerce, agrandi pour les peuples divers,
Va de sa chaîne d'or embrasser l'univers.

FIN.

BIBLIOTHÈQUE ROYALE

DE L'IMPRIMERIE DE P. DIDOT L'AINÉ.

www.ingramcontent.com/pod-product-compliance
Lightning Source LLC
Chambersburg PA
CBHW061242050726
47594CB00009B/3981